文芸社セレクション

記憶の雨

麻里子

Mariko

JN068532

文芸社

もくじ

記憶の雨

1　正体なく　くたびれるね

夢を追いかけるって半端じゃできないよ
毎日毎日、ただひたすらに、ためこんでいくエネルギーを
ひたすら連続的に投資し続けていくってことだね
ったく、よいじゃあないよ
くたくたで、正体なくくたびれるね
マラソンみたいなもんさ
自分との闘いさ
諦めたら、そこで終わりさ
走れなかったら、這ってでも前に進むだけさ

2　光に向かって飛べ

ごめんよと言いながら　俺は蜘蛛の巣をはらう
くろあげはの道をつくるためだ
「おい、蜘蛛よ、一晩中かかってようやく完成したんだろう
が、赦してくれよ」
　・・・・
「おい、くろあげは、気をつけろよ。お前が生まれた世の中
は、知らない危険がいっぱいなんだ」
　・・・・・
そんなに優雅に羽を動かすなって、目立ちすぎだぜ
心配じゃないかよ

「黒、おまえ、メイメイ（猫の名）だろう、
蝶ちょうに姿かえて、会いに来てくれたんだろう」
　・　・　・　・　・
うまく、風にのれ
光に向かって飛べ
黒い葉の茂みで眠れ
ああメイメイ、願わくば、私の庭で舞い続けてくれ

3　一瞬のために

ろくろく睡眠もとらず、ろくすっぽ食ってもいず
俺はタフだと突っ張ってきた奴ほど、休みをとるがいい
体がこっぱ微塵になる寸前だからさ
仕事の取り返しはついても、体のとっかえはないって事を
頭のどっかに刻んでおくがいい

やけになるな
夢は今死角に入り、見えていないだけさ
ここでリタイアしたら、振り出しにかえっちまう
夢の振子は、大きくスイングして、必ず戻ってくる
だから、そこに横たえて、待て

次の轟音が聞こえたら、油断せずにゆっくりマブタヒラキ
耳研ぎ澄ませ、カウントに入れ
そして、一瞬の爆風に飛び移れ

あとは離さない事だ
その手が焼け焦げそうな痛みが走っても
決して離さない事だ

夢は必ずや実現する
そのとてつもない水晶玉におまえの意気込みを映し出せよ
全身全霊で映し出せよ
それまで、何も考えず、すべての欲を脱ぎ捨て
死んだようにごんごん眠れ
再び近づいてくる轟音に跳びうつる一瞬のために

4　下車間近

下車間近、電車の中でクワガタと出逢った
知らん振りして下車したら、踏まれてしまうだろう
意を決して、なんとか捕まえた
知らない人達が、さりげなく気にかけている
『しゃがみこんで何やってんだあ』って感じだ

知らない女性が、「こん中に入れてったらええ」
と笑って差し出す広口のペットボトル
危なくない草むらがいいと話が弾んだ
まもなく下車駅で、急いで降りて振り返ると
深くお辞儀の笑顔が染みた

家を通り越し、『草むら安全』と呟きながら歩き続けた

なかなか、「ここぞ」と決まらないんだ
夜の高校の敷地内にクヌギの木があった
フェンスから「やれやれ」ぽい
家に向かいながら、ちょっと寂しかった

5　ごらん

母なる樹に寄り添っていたくてもね
時期が来たら静かに絆を絶たれるんだよ
ごらん後から生まれた青い実でさえ
ころん、ころんと間引かれていく
落ち葉のそばに、またひとつ転がり落ちた
み、か、ん

6　時の旅人

雨、糸のようにおつ
雨、土砂降りにかわれ
それは、命の連鎖の祭りだ
陽炎のごとく蒸発する魂は
命全うの静かな舞いか
人は雨のごとく生まれ
陽炎のごとく逝く
ああ、俺もかわらぬ時の旅人

7　時々サボれよ

ありんこは、どうしてありんこに生まれたんだ
一生、二生、三生、ずっとずっとありんこなんか

知ってるよ、ありんこ
お前、俺より夜更かしで
俺より早起きだってこと
時々塩まいて邪険にするけど
すまんなあって、感じたりもするんだぜ

ありんこ、ありんこ、どこへ行く
葉っぱの先から、落ちんなよ
仲間誘って、悪さすんなよ
ありんこ
お前が立ち上がって、頭脳すこぶる進化してたら
千年速くパソコン出来てて、今頃きっと宇宙旅行か

ありんこ、ありんこ、どこへゆく
俺の一歩は、お前に勝り
お前は、かなわぬはずなのに
お前は、俺をおいてゆく

さよなら、ありんこ
怪我をするなよ　時々サボれよ

8　アルバムに

蝉が、もーいいよぉ、もーいいよぉと鳴く頃、夏は終わる
かき氷も、風鈴も、浮き輪も花火も蚊取り線香も
絵日記の中で動かない

涼風にえのころ草が揺れる頃、静かに秋が訪れる
おでんが、シチューが、そろそろ恋しい
ふつふつふつふつ煮立てる幸せ

紐解きましょう、アルバムを
閉じ込めましょう、アルバムに

9　身から出た錆

君はブーメランの法則を知っているかい
ハリネズミをごらんよ、あのありさまさ
とらふぐをごらんよ、ばつがわるそうじゃないかい
ばかと百回となえたんだって
仕方がないね、身から出た錆

10　孤独で跳べ

バッタに乗って野原を跳ねよう
草むらの茂みを冒険しよう
よーいどんで緑の海渡ろう

草の香りを嗅ぎ分けながら
僕等の向かう原野はどこだ
僕のバッタよ、泥を蹴れ
自慢の脚で、イバラもひるむな

小川が見えたら飛び立つ準備だ
途中で休むな、一気に渡るぞ
視界は良好、向かい風も切れ
僕のバッタよ、たゆみなく跳べ
群れをなすなよ、孤独で跳べ

11　命やどす樹

時々舞いふる金粉は、天界からのメッセージだと
何時の頃からか、感じられるようになった
きっとそこには、楽園の花が咲き、小鳥たちがさえずり
動物たちが穏やかに憩い、様々な神々が次々に
新しい命を吹き込んでおられるのだろうか

甘美な微風のその先には、命やどす樹があり
金色の実から、こぼれ落ちる種子が
こうして地上に舞い降りるのか

天界から我らまでは、瞬く間
我らから天界までは、果てしない遼遠
この船に奇跡が起こせぬものならば
せめて黄金の種子よ、魔術師となりて
この世の辛酸を、吹き払いたまえ

12　だけど心配しないで下さい

お母さんお父さん、守って下さいね
わたしは弱い人間です
すぐにへこたれちゃいます
気持ちが折れてしまいます
発破かけて気合い入れて、立ち上がるんだけれども
マイナスのスキーマが、ぴょんと顔を出して
疲れろ、疲れろと加速をかけてくるんです

だけど心配しないで下さい
最近では、もぐらたたきのような格好で
このやろこのやろとやっつけるすべを身につけてきました
へそ曲がりで「んなこったあ」と小さな事に全然動じない
なちゃの影響です

彼は、破天荒な異端児です
いつだってやんちゃな少年のまんまです
無邪気に新鮮な驚きに浸る人です
ちょっといない大変人です
おかげでわたしは感化されてきました
神経質が、吹っ飛んじゃいました
こだわり過ぎが、化石に変わりました
泣き虫が、笑い上戸に変身しました
40年前交換日記を断られて
ショックをトラウマに引きずって生きてきたわたしが
今では年中のデートでへとへとです

なちゃは、人と同じが大嫌いな人です
人が見向きもしないものを
考古学者のように、発掘する事が大のお気に入りです
人ならば、嫌われ者や、偏屈や目立たない奴に
惹かれると言います
ギタリストのなんとかって人に
14歳の頃、一人夢中になって
とことん知りたい、もっと極めたいと、ギターに浸たり
一心不乱に夜通し弦を奏でていた思春期を
最近、改めて知りました

なちゃは「音楽は感性だ」と言います
技術は誰だって努力すれば、ある程度まで到達出来る
けれど感性は違うんだなあ

40年ギターを相棒にしてきた俺だけど
わかるかなあ感性って、ポロンと奏でる指一本に
到底かなわない奴らがいるんだよなって
ジンのグラスを傾けながら、敬意を込めて
たまあに呟いたりしている横顔が
たまらなく純粋な人です

今日は、奇しくも、母さんの月の命日ですね
仕事、休みとっちゃいました
くたくたで、気持ちが発破しちゃいました
駄目ですね、来月の給与は応えますね
なちゃには絶対内緒ですよ
「弱虫　よわあむしい」って馬鹿にされます
なちゃは、昨日からバイトで深夜連チャンです
働き過ぎです、なのに陽気なタフ男です
「人間頼まれているうちが花よ」決まってそう言います

父さん母さん、わたし
なちゃの強い精神力に励まされ
びっくりしながら、走り続けて来ました
これからも互いは、竹馬の友の路線で
人生を一歩一歩、励ましあって
おおらかにわがままに、大胆に小心に、闊歩していきます

なちゃは、わたしの話を聞きません
「えっなんか言ってたっ」て、おちゃらかします
まっ、いっか、と思いながら

そのやんちゃな後ろ姿に、目を細めています
振り返ったなちゃは、バトントワラーの格好で
「ぷっぷかぷう」とそっぽを向きます

あっ、そろそろ御飯が炊きあがりましたね
お水にお茶もしかえましょうね
合掌

13　記憶の雨

ああ、なんていい映像なんだ
記憶のフィルムが動き出す
なちゃ、15歳のきみが心に映る
40年前の雨が、時を超えて、再びに
今、降りてくる
きみが見たすべての光景をつれて
今、息をふきかえす

風が舞う、雨の線を編みながら
風が舞う、きみの靴音を聴きながら
雨の囁きを、気にかけながら
新宿の雨が、きみを濡らしていく
想い出の光景を道連れに

記憶の雨を、封印しながら
君の瞳のファインダーに、飛び込んでいく

ああ、見よ
スクリーンに、15歳のきみが帰ってきた
追憶の時雨を抱きながら
世紀の壁を切り裂きながら
今、ここに

14　いや、まだ翼に風を感じる

なんて言われようと、しかたがない
今のわたしは、ぼろぼろだから
かつて光放つほど輝きのある羽で
大空を舞っていた日は、夢のようだ

今は光沢もなく、みすぼらしく
抜け落ちた、すき間だらけの
折れた櫛の歯のようだ
冷たい雨にかかり、凍える雪にさらされ
焼けつく日差しを浴び
木枯しに飛ばされ、嵐に翼をもがれ
それでも再び、羽ばたくというのか
立ち上がるというのか
失速するかもわからないのに

いや、まだ、翼に風を感じる
高く飛べなくとも、美しく飛べなくとも

わたしには、まだ羽ばたく意志が、生きているんだ
自分を信じて、今一度、あの空に帰りたい
青い、わたしの海に戻りたい
仲間の群れに入りたい

わたしには、使命があるんだ
わたしは、行かなければならない
わたしを待っている声のもとへ
神様、わたしに、頑健な体と強固な精神と
温かい笑顔と鋭敏な知性と、強靭なエネルギーと
深い慈愛の心を、自ら培う能力を、思い出させてください

15　ただ無心に祈りて

海に流れ着く羽衣よ
その絹布に歩み寄り口づける
クリスタルの糸の始まりを、寄せかえす波間に
たどれども、たどれども
たなごころから指先に、するりとすべりゆく

嗚呼、幾度となく繰り返すにも、寄せかえす波間に
すくえども掬えども、すべりゆく水の螺旋
今、空を指す手の窪みから、腕にすべりゆき
この頬につたわる、清らかな一滴よ

唇に近づき、立ち止まる

我、近寄り、舌で、喉に抱きしめる
光踊る、寄せかえす波の絹布、瞼閉じ
クリスタルを枕に、砂浜に溶け入る
天を仰ぎみ、透明の羽衣の中に包まれる

気がつけば、指先に、小さき桜貝、潮騒の囁き
追憶、我一人、浜辺に立つ、ここに星砂はない
見よ、あの満天の星を、爪先にまつわるように
絡みつくように、始まりの絹糸が、今ようやく手招く
たゆたう、たゆたう、流れ星あまた
願い祈り届け想い

嗚呼、恋人よ
夢の世界、ひたすら走り抜け
ただ無心に祈りて、永遠の海、永遠の心
愛よ、一番ふさわしい言葉を探し続ける旅の途中に
海よ、この深海から見つけさせたまえ
君のために、我のために

16　おい宇宙人、僕が見えるか

放り投げろ、鞄
僕は飛ぶ、屋上に
ああ、退屈な午後の授業
灰色のキャンパスに大の字を描き
僕は、今日も天を睨む

雨よ降れ、どしゃ降りに、シャワー代わりだ、どんとこい
風よ吹け、荒れくれろ、竜巻なんぞもへっちゃらさ
口笛吹いて、吹き飛ばせ、嵐の中も、僕は僕
雷様か、願ってもない、虎のパンツをいただくぜ

落葉樹から枯れ葉が届いた、詩集に挟んで季節の栞
かんかん照りか、焼き尽くせ
背中も焦がして、火を噴くぞ
しんしん粉雪、舞い降りろ
神様からの手紙なら、襟を正して返事を贈ろう
天使からの手紙なら、睫毛に溜めて、吐息をかけよう
恋人からの手紙なら、この指とまらせ食べてしまおう

おい宇宙人、僕が見えるか
毎日、偵察、退屈でないか
やあ宇宙人、僕の心が掴めるか
制服の奥の14歳の気持ち、見抜いてみろ
それが出来たら、学校帰り、買い食いしようぜ
港も行こう、僕らの基地を見せてもいいぞ

おい宇宙人、僕は決めた
明日の弁当、母さんの大事な大事な手作りご飯
きっと半分、分けてもやる
ああ今僕は、同級生を背中に抱え、未知の誰かと交信中
明日の天気を、僕の靴が占う
1970年春

僕は雲の絵の具で、刻印す

17　うまくやろうとしなくっていい

何をしてもうまくいかなくて
なんだか疲れ果ててしまった時は
きっと知らない海の上さ
動きを止めて漂っていよう

流れにまかせて、ぷかぷか浮いていよう
焦ってもがいたり、何とかしようとしたりすると
やたら深みにはまってしまったり
体も心もどんどん沈みこんでいくから
ただじっと耳を澄ませて、波の音を聞いていよう
ちゃぷちゃぷ、ちゃぷちゃぷ
ひたひた、ひたひた
ひたひた、ひたひた
時々ぷう──っと、水を吐こう

いい加減漂って、しばらくすると
雄大な空に気づくだろう
そしたら見ていてごらん、ただなんとなく
ほら、鳥にも気づくだろう
きみは動きを真似て、指先で羽ばたきをするんだ

それだけでいい

うまくできなくっていい
うまくやろうとしなくっていい
そして感じてごらん、ただなんとなく
ほら、魚にも気づくだろう
きみは動きを真似て、指先で尾びれを振るんだ

それだけでいい
うまくできなくっていい
うまくやろうとしなくっていい
そして感じてごらん、ただなんとなく
時々ぷう——っと、水を吐こう

いい加減漂って、しばらくすると
体が動き出していることに気づくだろう
羽音も尾びれも、ゆっくり動かすんだよ
ゆっくりゆっくりと
それをしばらく繰り返すんだ
よけいな事なんか考えないでさ

やがて動きが止まる時
きみは砂浜に打ち上げられ
自由な手足で立ち上がるんだ
雄大な空をひっくり返して、立ち上がるんだ
すごいだろう
あの遠い水平線の彼方から、きみはやってきたんだ
鳥や魚や波に助けられながら

今、きみは立ち上がる
果敢に、立ち上がる
やあ、もう大丈夫さ

18　人生のステージ

命、果てることのない、雄大な自然
命、静かに引き継がれていく、人住む家
子供達の知らなかった母親
女性としての母親

人生のステージ、その時々の役割
連続した選択肢、運命、決断、節
運命の人、苦悩、変化
新たな道、続く道、変わらぬ道、続く道
節、笑顔、慎重に、やっと汲み上げた清水のごとく
節、涙、葛藤、あっと傾いた流れのごとく

人生のステージ、生から終焉まで
ひとときの椅子もないまま
次々の衣装を、まといながら
次々と配役を、こなしながら

台本を書きながら
何度も何度も、言葉を添えながら
書きたしながら、書きなぐりながら

涙や溜め息や口づけや抱擁を、幾度となく重ねながら

変わらぬ女としての心
変わらぬ男としての心、性、さが

体の奥から、こみ上げてくる水よ
心を濾過して噴き出せよ
体の芯から、針をまとい吹き出す言葉よ
心を濾過して噴き出せよ

互いに、互いが寄り添える時
針の言葉は、まろくなる
とげの言葉も、まろくなる

最後の頁、永遠の一瞬、刹那の光の中から
風の中に踊り出す、その時まで
人は女、人は男、それでいい
それがいい

19　とけてしまいそうな旋律よ

ギターを爪弾く彼、甘い歌声
とけてしまいそうな旋律よ
読み始めた本を、そっと閉じ
彼の唇に、耳を澄ませば
二人の共通の思い出、静かに蘇る

彼の指先は、弦を振るわせ、夢の世界へ誘う
わたしは、裸足で、飛び込み台に立つ
鏡のような水面に、ゆっくりと流れていく雲よ
この静寂を壊さずに、すう――っと君の舟に、乗り込もう

彼の奏でる美しい旋律のように
水の波紋が、広がっていく時
君は、わたしを乗せて透明のギターに
姿を、変えているだろう

彼は、わたしを抱きて、透明の空間に
姿を、映しているだろう
その時、わたしは、君を、思い出すのさ
あの頃の、どこまでも、青く澄んでいた大空と
いざ、漕ぎ出していく、君の姿を

彼の記憶の中で、わたしは、ひとしきり泳ぎ
彼もまた、わたしの記憶の中で、ひとしきり泳ぐ
ギターを爪弾く彼、甘い歌声、ああ
とけてしまいそうな旋律よ

20　魔性のゴースト

きみ、あいつは砂を掬っているんだ
何度も掬っているんだ

28

指のすき間から、すう——っとこぼれ落ちてゆく夢を
こぼれ落ちてゆくはずがないと
繰り返し繰り返し、夢をすくい続けてきたんだ
今も幻を掬い続けて、幻覚から未だ覚めていないんだ

体をゆすぶっても、ほっぺたを思いっきりぶん殴っても
抱き寄せて、熱い命の宿る恋人の乳房を吸わせても、だめさ
おそらく、ギャンブルという魔性のゴーストに
居心地がいいと、取り憑かれたのだろうね
気の毒でならない
砂の城を、造り続けて何十年、走りすぎたんだから

幸せという看板を背負って、急勾配の日々を笑いながら
今度こそ一発当てるから、見ていてくれと
霞に、未来を投げ出しているんだから
あいつは、蓄えても蓄えても一歩も進まない
喉を潤し足りるほどの、僅かな一滴の水さえ
未だ飲んだことがないんだから

決して、うらやんじゃいけないよ
今はどんなに貧乏でも、きみの方が
目には見えない、たくさんの幸せに満たされ、
包まれてきたんだ
そして、今も
きみも俺も、現在のこの苦しみは
一時の通過地点だと信じているし
乗り切れると確信している

今は、プログラムされた修業なんだ
そばには、メンターが、ちゃんとついている
なぜわかるかというと
きみの気持ちのオーラが、感じさせてくれる
俺のオーラは、きみが読み取って欲しい

あいつはやがて、ひとりになって、本当の苦労と
課せられたプログラムを遂行しなければならない時が来る
心配だ、人生を半ば、ぐっと過ぎてからだろう

でも、きみは言い切った
大丈夫さ、あいつは一人にはならないよ、俺たちがいる　と
間髪を入れずに、そう言い切ったきみに
男らしい頼もしさと、誰にもない優しさを感じたよ

俺は幸せだ、貧乏の真っ只中の今もね
だって、きみが心の真っ直ぐな人だから
どんなに曲がったように見えたって
形状記憶合金で、ぴいーんとまっつぐさ
普通の人と違うよ、きみはやっぱり

21　バランス

両方のバランスが大事なんだ
自分を、決していいと思っちゃいない

しかし、どちらにも、一長一短あるんだよ

捨てることは、とっても大事
きれいさっぱり捨てて、前だけ見て、前に前に、歩くんだ
確かにそれが進歩というもんさ、それが脱皮というもんさ
それが新しいということさ
それが年を上手に重ねるということさ

しかしながら
捨てながら捨てながら、過去の記憶をリセットしながら
新しいもの、新しいものに、純化の末、順化し
飛びついていくだけでは、今も、やがては
捨てる先の通過点へと、いつの間にか
バランスが、傾いてしまう

だからこそ、互いに、左に、右に、時々こうして
相手の足りないところや、盲点をついて
気持ちを、吐き出し合うって、いいじゃない
素敵、賛成

22　やんわりと光くぐらせ

風に揺れるコスモスに、今朝も出会えた
ほら踏切のそばで、桃色、白、橙、ブルー
しなやかに、たおやかに、秋風の中
その花びらに、やんわりと光くぐらせ

一緒に、踊りませぬかと、微笑んでみせる

背丈の高いあわだち草は、線路の小石を撥ね除けながら
僕の彼女さと競い合う
ドキドキしながら、背伸びをしたり
アメリカ血筋を、自慢する

黄金の装飾、風に蒔き
黄金の髪を、かきあげながら
黄金の指輪を、風に乗せ
切ない想いのプロポーズ
黄金のキッスを、風に乗せ
愛の呪文のプロポーズ

踏切にさしかかる時、毎朝こうして一瞬の出逢い
車窓に流れる、一瞬の出逢い
うふふ、うふふと、はにかみながら
色とりどりの、コスモス達は
トンボに、恋文、頼むのね
そうっと、そうっと、頼むのね
誰にも内緒に伝えてね
誰にも秘密に届けてね

風に揺れるコスモスに、明朝も出会えよう
うん、踏切のそばで、桃色、白、橙、ブルー
しなやかに、たおやかに、秋風の中
その花びらに、やんわりと光くぐらせ

その花びらに、やんわりと頬を染め

23　本物の輝き

石が溶け出すような暑さの中を、弱音一つ吐かずに
スタスタと、前を黙々と前を歩いている人達よ
草がお辞儀をしたまま、微かな風に揺れている
照り返しの厳しい道を、愚知一つこぼさずに
闊歩して堂々と歩いている人達よ

樹齢二千年の杉木に、挨拶を交わし
然りげ無くすれ違う、余裕さえある人達よ
急勾配の、じりじりと焼けた地面を
無心に、登り続ける人達よ
そのパワーは、いったいどこから生まれて、
どっから湧き出してくるんだ

日除けのつばをぐいと傾けながら、前を行く
大正生まれのスーパー人間達よ
その背中を追いながら、まだまだ先の観音堂を目指し、
12年に一度の丑年、ご開帳参りに賛同、参堂したんだ
ただもう驚いてしまったよ、ただもんじゃない方々に
スーパーという形容が、見事に当てはまっている人達よ
電車の中にも、雑踏の中にも、見つからなかった人達よ

こんな過酷な山ん中で、足腰怯まず闊歩していたとは

本当に仰天してしまったんだ
そして嬉しくなってしまったんだ
勇気と、更なる勇気を、戴いたんだ
世の中の、超元気な想定外な事は、実に愉快に
我が身を最高に若返らせるもんだと、確信したんだ

三十三の寺参り、それぞれの場所で観音様との縁結び
お供を唱えて身を清め、持て成しを受けて感謝を学び、
納経帳と満願日、出会ったスーパー先輩方の
お茶を喉に潤しながら歓談する笑顔や眼差しや表情は、
正真正銘、自然で本物の輝きを放っておられた

24　見えない糸

何でも紙一重なんだよ
情熱がありすぎると暴走してしまう
挙げ句の果てに、おでこにレッテル
ストーカーと勘違いされてる
でかい夢を語りすぎると、熱弁止まらず、相手はへとへと
挙げ句の果てに、背中にレッテル
変わり者だと、小馬鹿にされてる
愛情が強すぎると、抑えきれずに溢れ出すから
自分も相手も、がんじがらめで
好きだ好きだのしつこさで、うんざり
名前にレッテル、問題児だとマークされてる
ただ、人よりほんの少し情熱があって

ほんの少し夢が高くて、ほんの少し愛情も深い
そんな、ほんとはいい奴なのに、ほんとに、いい奴なのに
見えない糸が、どこかでもつれてしまうんだね
だから、冷めているくらいがちょうどいい
ほどほどが一番いいのさ
求めない事が、大事なんだ
そのほうが、ずうっといい感じで
長く、永く、嫌だって・・・
最高のパートナーに、なれるのさ

25　不思議な磁石

気がついたんだ、優しさだけが人の心に入るんだと
「ナノ」になって初めて、人の心の壁を通過して
魂にまで届くんだと、響くんだと
まるごとこの人を受け止めよう
いいところも、いやなところも
そう思った瞬間変化が起こる、不思議な磁石が作動始める
たとえ、どんな変化球が返ってきても大丈夫
そう、自分の心の体勢が出来ると
不思議と穏やかな気持ちで、満たされてくる
そこからは、奇跡の始まりさ
だから怒りん坊の人が言葉を止めて
じっと瞳の奥まで入ってきたんだ
だから気難しがりの人が、微笑んだんだ
年も性別もない、人も動物もない

だから、半野良猫のママちゃんが
指先まで近づいて来て、日向ぼっこ始めたんだ
だまってにこにこ見つめてごらん
明るい抑揚で、そうだねって
不安を吹き飛ばしてしまうほどの
弾んだ声を出してごらんよ、きみも
無心な笑顔が「ナノ」になって
すう——っと人の心に沁み込みはじめてくよ
わかったわかったって、相手の心を包み込んで
感じとってごらん
どんな変化球もどんな屈辱的な言葉も痛みを感じないまま
すう——っと自分の心に沁み込みはじめてくよ

あなたは、母性愛の星
もって生まれた　そういう人なんだ
いい波長を出し続けよう
心を前向きに動き出そう
出来なくったっていいさ
心がけるだけでいいさ
さあ、元気を出して

26　投射

友達の家に行った
風呂場に、油まみれのつなぎがあった
「どういう事か、わかるかい」

36

なちゃの、重みのある一言だった
「そういう事なんだよ」……と

27　暗黒の中の一点の非望

うぬぼれるんじゃない
いい気になるんじゃない
それが約束できるんだったら
その綱を渡りはじめたらいい

踏み出したら、もう前に出るしかないんだぞ
後戻りは出来ない、信じるのは自分だけ
下も上も見ず、ただ真っ直ぐに歩くだけ
左右に揺れる綱を敏感に感じながら
時に身も心も預けながら、静かに足を踏み出すだけ

渡り切れないかもしれない
夢の途中でバランスを失うかもしれない
そんな時は、息を止めて立ち止まれ
遠い先の夢の一点に、すべての気を集中させて
息を殺して、風を読め

ざわめきも中傷もすべてを受けて
すべてを流して、無の中に我をおけ
敵はわずかな風なのか、動揺の中の我なのか
無の中に我をおけ

綱は夢の途中に魔物と化す
思い上がりは命取りだ
綱は夢の途中に天使となる
滅びるも蘇るも、魂の叫びひとつ

光は遠い、されどあの方向だ
暗黒の中の一点の非望
さぁ、踏み出すのかとどまるのか、決断の時が迫っている

いいか、忘れるな
我の背中に翼はない、命綱もない
ただ、目には見えない強い力で
背中を押されていると感ずる
体が火照り、全身が熱く高鳴るのだ

今、固唾を呑み、雲海に張られた綱の始まりに
右足を静かに触れてみた
これでいいのだろうか、これがすべての始まりなのか
すべての終焉なのか、誰も知らない
誰も、知らない

28　シマはわたしの天使になった

10月24日、12時56分
シマは逝った

彼女はわたしの天使だった
澄んだ目をしていた
いつもわたしを見ていてくれた
逝ってしまう数日前、じっと見つめて別れをつげた
忘れないようにしていたのか
覚えていて欲しくてなのか

シマはいつだってわたしの恋人だった
ひとりぼっちの時は、涙にキスをしてなぐさめてくれた
誕生日や記念日には、笑顔に喉を鳴らして
頬をこすりつけてくれた

彼女は十年間、外で暮らした
たくさんの子どもたちを生んだ
大きなお腹をゆさゆさゆらして
いつもの道を散歩した
恋人はたくさんいた
歴代の近所のボスが、いつもかばい寄り添っていた

彼女は優しい母親だった
生まれた子猫は、白、赤、ブチ、さば、みけ
みうみうみうと鳴いたあと、シマのお乳を吸っていた
仲良く並んで、もみもみしながら
彼女はわたしを信頼していた
生まれたばかりの小さな命を見ろと言った
子猫をひとしきりなめながら
そっとわたしに目線をうつして

さわってもいいんだよと、まばたきで話した

シマは賢い猫だった
人の心を読み取ったり、じっと見つめて考えたりした
シマは人が好きだった
立ち話の仲間入りはしょっちゅうで
毛づくろいをしながら話を聞いていた
シマ　と何回呼んだだろう、何万回、何十万回
シマはわたしの恋人だった
彼女はわたしの天使だった

ある日を境に家に入れた
その日からわたしの膝で眠り
その夜からわたしに抱かれて眠った
わたしが息をするたびに、シマのからだは上下した
彼女のからだをなでながら、いつの間にか夢を見た

シマが闘病生活に入ってから半年、ふたり二人三脚で闘った

シマが逝ってしまう日
わたしは介護ヘルパー二級の免状をもらった
飛んで帰って真っ先にシマに見せた
読み上げて聞かせた
彼女は、そっと自慢の長い尾を振った
ぱたっぱたっと振った
もう水も唇に、そっとぬってやるしか出来ないほどに
シマは衰弱していた

その深夜、彼女はわたしの膝の上で天に召された
安らかだった　眠るように

シマはわたしの天使になった
シマは18才
静かに神様のところに帰っていった
あと２カ月で新しい年を迎える
シマのいない初めてのお正月だね
シマ　わたしの恋人　永遠の恋人よ

29　風の指輪

そこで待ってて
いいい　動かないでいてね
わたしとあなたの距離は　この石畳の数よ
この一枚一枚のスクエアが
あなたには、過ぎ去った四季を
わたしには、訪れる四季を表わしているの
一枚の石畳を　一周で一年
踊り子のように　くるくる
ダンスのように　くるくる
一枚ずつ　あなたに近づいていくわ

春から順番に、桃色、青色、紅色、白色と
季節を巡りながら　いつまでも　どこまでも
あなたにたどり着くまで　踊り続けていくわ

けれども石畳の数は　永遠に変わらない
あなたが歩みを止めない限り　永遠に変わらない
ガラスの靴を脱ぎ捨てて　あなたまで一気に走りたい
あなたの背中に飛びついて　抱かれたい
指輪なんか　いらない
ただ　手をつないで　歩いて欲しい
ただ　ただ　ただ　それだけ　なのに

30　難しい友情とは

年の離れた異性と　夢を語り
人生の時間を　共有することだろう
育てるのは　時間
材料は　ガラス
場所は　繁華街の中
季節は　真冬の砂漠
会話は　一世紀の話題
会食は　健康志向
歌は　相性
ダンスは　ムード
人生論は　一流
逢い引きに一点の曇りなし
疚しき感情なし
二人で育むのは　人生の師弟関係
惹かれゆく訳は　ソウルメイトであるからか

インスピレーション　チャクラの声

言葉は　表情

言葉は　仕草

言葉は　静かな時間

言葉は　手のひらの温もり

言葉は　別れ際の残像

つぶやきの余韻

言葉は瞼の中に

繰り返し　繰り返し

再会　約束の日まで

されど　難しき友情なり

壊すも時間

繊細なビードロ

色眼鏡の中傷

常夏のタイガ

被さりあう不協和音

重苦しい空気

噛み合わない会話

居心地の悪い波長

摩擦の発火

微風の沸点

さよならのエピローグ

取り戻せない　時間

修復できない　傷

歩み寄れない　包囲網

爆撃機の残骸

鉄条網の渦

ミサイルの監視
どちらともなく背を向けて歩き出す
太陽系の惑星の接近に　等しかった友情
握手には　ほど遠く
二人　ただすれ違っただけ　一瞥しただけ
思い出の破片がキラキラと舞い　宇宙の塵となりぬる日
難しき友情とは　年離れし異性と夢語り
人生の時刻に　共存することにあり
育むのは　秒刻み
材料は　ビードロ
場所は　クリスタルの中
季節は　厳寒の砂漠
情熱の嵐舞う　厳寒の砂漠

31　我ら邂逅は　この大地で

今　この時にして降り立つ命よ　雨のごとくに
今　この時にして昇天していく命よ　陽炎のごとくに
すべては　宇宙からの定めに従い
すべては　幸福の　さらなる幸福の修行者となりて
どちらが天で　どちらが地でもありなん
無になり仰ぎ見よ
雨粒に叩かれ　息を吐け
それが生であり　生でなし
共に手をつなげ　かたわらの友と
いがみ合い、嫉み合い、傷つけ合う時間は愚かなり

今　誰もが様々な孤独を存分に知ったればこそ
互いの存在の意味に　気づきはじめたなり
それぞれの旅の意味を　考えはじめたなり
光も神も　我の中にありなん
怯むことなかれ　怖じ気づくことなかれ
人生の旅の途中　いかなる難問
粒々辛苦の泥の中にあっても
我なる内の宇宙の声を聴け
いざ進め
たとえ闇の中　一寸の歩みであっても　怯まず前にゆけ
何を怖じ気づく　大丈夫、大丈夫だと口癖とせよ
やがて暗雲低迷たる荒涼の彼方に
くっきりと君の道が見えてくるに違いないから
旅の途中　涙も苦労も笑い飛ばし　吹き飛ばしてしまえ
掌に握りしめて守りぬいてきたその夢を
いつか必ず共に　この大地に根づかせんがためにと
失わなかったその夢を　その矜恃に誇りと刻め
すべての通力は　心肝の噴泉にありなん
臍下丹田　気流を起こせ
自らの意志で開門せよ
旅の道は　生まれし星を気密せし使命の道
丹田の赴くままに
我なる力を　信じゆけ
我なる道を　信じゆけ
いかなる艱難辛苦にあっても
辛酸を嘗める中にあっても
その矜恃に　黎明を刻め

旅は　我の中にあり
人は　この雨粒のごとし
まばたき刹那の旅の途中に
使命を遂行する同志よ　手を繋げ
憎しみ合い、嫉み合う猶予はない
互いの旅の前途遼遠を　祈りあれ
旅は　瞑想
我ら　邂逅は、この大地で
我ら雨粒になりぬる以前、契りは、それぞれの夢の遂行
邂逅は、我ら　この大地で
必ずや　この大地で

32　たぶん…ね

好きだ　なんて
大好きなんて　もう二度と言わないようにしよう
君が動揺して　少しずつ心が離れていく事を感じたから
本当の思いが、霞の中に姿を変えて
届いてしまうと感じたから
嫌いだなんて
無理をする事もやめよう
自然のままに　なるようになるさと
無心で　会話を楽しもう
それが一番　二人にとって気持ちのいい事だからね
干渉、束縛、押し付け、思い込みだけは　よくない事だよ
それは　咲かせる花を枯らせてしまうから

大切な蕾を、気づかぬままに手折ってしまうから
だから　だからね
好きな人がそばにいるなら　自由にしてあげる事だよ
話を聴いて楽しむ事だよ
会話を横取りしたり　意見する自分に酔ってはいけないよ
心地良さのホームベースである事だよ
ほっとする空間というのかな　求め合うんじゃなくて
さあ、どんな変化球でもかまわないって
相手をまるごと寛容すること　かな
すると　奇跡が起きるんだ
自分が　大好きになるんだ
おかしいなあ
この人を　大好きになるはずだったのに
自分が　大好きになるなんて
もう好きでも嫌いでも　そんな事どっちでもよくなるんだ
親友とか　どう思われてるとか
そんな事　たいした事だとは思わなくなるんだ
ああ、目の前にいるこの人のすべてを
まるごと受け入れられるという受け皿が、
自分の中でとてつもなく大きく感じられるんだ
どんな乱暴な言葉も　まるごとＯＫだよ
どう思われようと全然ＯＫだよって　なるんだよ
それって　一言で愛なんだよ、ん
たぶん…ね

33　水の流れ辿れば

わたしの膨大な　少女時代の記憶には
絶えず　なちゃがいた
無邪気に遊んだ　10歳の春から
揺れ動く　15歳までの5年間は
まるで　砂漠と花園を不規則に回転する
大車輪のようだった
思い出の片鱗が打ち寄せる海岸に立ち
水の流れ辿れば
記憶の底まで　泳いでいけるだろうか
膨大な言葉の海淵までゆき着き
無心に生きる　二人を抱きしめたい

34　里山をゆく

幼子が遊んでいる　着物に兵児帯姿で
わたしの手をとりっこしながら　はしゃいでいる
背中に　すごさりながら笑っている
無邪気なおしゃべりが　里山に響き渡る
あかね雲が　どんよりと夕空にかかっている

ひとりの子が　空を指した
なんだ　あれは

ゆっくりと　光が降りてくる
静かに一点を見つめている子ら
やがて　光は円盤状の姿を見せ
さらに　ゆっくりと降下しだした

子供のひとりが　夢中で駆け出すのを　止めるまもなく
子供達は一斉に　円盤まで走っていった
行くんじゃない　と何度も止めながら
叫びながら追いかけた

きらきらと眼もくらむような光線が
竹林の繁みの奥を照らしている
ようやく子供達に追いついて　息をのんだ
見た事のない飛行物体が　周りの樹木を
次々と眠らせるように　うつむかせ
地上間近で　全貌を現す光景に足がすくみ
動けないわたしを残し　子供達は瞬時に順応し
何のためらいもなく　はしゃぎながら
光の道を走っていく　乗り込んでいく
吸い込まれていくのだろうか

子供達を乗せた母船はゆっくりと回転しながら宙に浮いた
それはまるで　きらびやかな回転木馬のようだった
メリーゴーランドは、回転しながら空に浮かんでいった
不可思議な出来事に　信じ難いわたしに
子供達は　光のもれる窓から
木馬の首にかじりつくように　歓声をあげていた

円盤は、急に回転速度を速め上昇し
やがて、天空の一点の星となった
そのあとの事は、覚えていない

小鳥のさえずりで　目を覚ましたわたしは
夢とうつつの幻の中に　ぼんやりしていた
あの子供達は　あの円盤は

あの夢を見てから　何年が経ったのだろうか
夕べ　不思議な物語の続きを見た
空から円盤が降下した
それは、あの時のメリーゴーランドだった
静かにゆっくりと着地し、降りて来たのは
あの時の子供達だった
間違いなく　あの時の子供達だった
ただ　ひとつを除いて

わたしは今、昨夜の夢を職場で思い出していた
ふと、わたしの手につかまる懐かしい感触
お姉ちゃんとまつわり　つないだ手のぬくもり
どこ行っていたのよ　どんなに心配したか
80年の時間旅行をしてきたというのか
あのメリーゴーランドは時計の円盤だったと　いうのか

そう、わたしは今、長い時間旅行から帰ってきた
たくさんの純粋な心の命と向き合っている
お年寄ではない　あの時の子供達と

純真無垢な星で　いっぱい呼吸して戻って来たんだね
手をつなぎながら　ゆっくりと
歩幅を合わせながら　ゆっくりと
ホールをゆく
里山をゆく

35　祈りこめて

叔父は万能のスポーツ選手だった
俺はタフだ、が口癖だった
オールバックに革ジャン　スタイル抜群の若者だった
腕力には相当自信があって
スコーン、スコーンと、よくチンピラをのしたものだ
短気ですぐにかあ──っとなる性格で
どれほど喧嘩をしたか　数え切れない
女性にはかなりもてたが
女ばかりの兄弟で育ったので　正真正銘の硬派だった
勉強はもとより運動神経は抜群で
スポーツ大会のトロフィーは数知れず
叔父は丸いものが大好きだった
パチンコ、卓球、野球、ボウリング、競輪、自動車運転
どれもこれも凄腕だった
生粋の申年生まれ、曲がった事が大嫌い
情は物凄く深い人だ
健康で大病などした事なく、喜寿を過ぎた

ところが膀胱炎を患い身体障害者の４級になってしまった
たった５年会わないうちに
けれども　わたしの記憶の中では
今も　叔父は革ジャンを着て、風をきって歩いてるんだ
一緒にゴーカートに乗ったり
プールで泳ぎを教えてくれたりした人なんだ
鉄棒をくるりとまわっていた人なんだ

信じられないよ、膀胱がないなんて、
身障者手帳を持っているなんて
いとこが言った　会いたがっているよと
心細い事を言っていると
叔父は今　人生の最終章にいるというのか
あんなに若かった人が、いつの間にか高齢者と呼ばれ
おじいさんと呼ばれ、身障者と呼ばれているのか
嘘だろう

夏、叔母に会った
お琴の師匠、美人の叔母が歩けない人になっていた
白髪で、口を牛のように年中もごもご動かしていた
幻覚を見るという叔父の言葉
みんなみんな嘘だろう　嘘なんだろう
叔母の上を　一気に夏がゆき
叔父の上を　一気に秋がいった
みんなみんな年を重ねてしまったんだ
どんなに心細いだろう
どんなに人恋しいだろう

ああ、人生の貯金通帳を大事に生きなければいけない
お金よりも大切な　取り返せない時間
深い思いで　意識したよ
人の時間を　無駄にしては駄目だ
そう強く　噛みしめたんだ
体が熱くなる
世の中に　小さくとも灯をともしたい
まだ逢えぬ同志と
生きとし生けるすべての生命が
平穏に永く続きますように　祈りこめて

36　追憶

「あなたが確か3歳くらいの時、
　大きなおじさんに出会ったこと、覚えてる？」
「うん、神様のことでしょ」
「いつも、そう思っているの？」
「もちろんよ。あの日の事はっきり覚えているわ。見上げる
と、その人は鋭い眼光で、黙って子どものわたしをじっと見
ていたわ。あの時、幼心に思ったの。この人はぼろぼろ布を
身にまとい“こも”を身につけているけれど、神様に違いな
いと。そう思いながらじっと見上げるわたしも強い目をして
にらんでいたんだと思うわ。やがて大きな手が静かに降りて
きて、頭をなでてくれた時の幸せな気持ちと（あなたの子か
ね。大事に育てるんだよ）そう母さんに言った声も、はっき

りと覚えているもの。それから神様は続けてこう言ったの。（いいものをあげよう）と懐から何やら取り出して、左手の平に握らせてくれたから、わたしは反射的に握りしめたの。『大事にするんだ。神様がくれたものだから、落としてなるものか』とぎゅっと握りしめたの。

　あとで大人達はこう言ったわ。（人見知りのあんたが、10円玉を握りしめて立っているんでびっくりしたよ。乞食みたいなあの人は、ぼろをまとった身の上判断なんだよ）と大人達は一つ話にして苦笑い。でもわたしは今でも信じている。どんなにぼろぼろ布をまとっていても、どんなに汚れた身なりをしていても、あの人は神様だったんだと」

「13歳のお姉さん。私もそう信じているわよ」

「えっ、あなたは誰？」

「えっ、わたしは……そんな事誰だっていいの。それより今日、貴女に会えて良かった。そう久しぶりに懐かしく。お姉さん、お父さんお母さんを大事にするのよ」

「あなたは誰なの？」

「いつかわかるわ。また会いましょうね。

　あの人は、そうよ神様よ」

37　沈黙の勇士

なちゃ　長い間お疲れ様でした
君の人柄に　たくさんのお客様がついてきてくださった
君の姿を厨房に確認しながら

「こんちはっ」と暖簾をくぐって
それから　お気に入りの自分の席に座る人達
君の心のこもった　あの味　この味を求めて
いつもの　お気に入りの自分の席に座る人達
天候も　いとわず、またひとり、またひとり
「ただいま」と顔また顔
一日中　暖簾が揺れている

深夜、ガラス越しに
車のライトが　差し込んでくる
湯気の中に　君は
ひもすがらの疲れを　僅かにも感じさせずに
白い制服に、美しい軌跡を描いていく
少しの無駄もない　洗練された線が
その見事に鍛え上げられた左腕に　命を吹き込む瞬間
跳を、舞を、奏をコンダクターのように弾き出す時
激しいうねりが　静の音響が躍動する
君の左腕が　黄金色の輝きを放つ時だ
激しく炎が吹き上がる舞台で　沈黙の勇士は一切動ぜず
火、水、油、食材の弾き出す声を聴く
仕上がりの音の　一瞬のタイミングを逃さない
シェフの眼　その耳
すべてを知り尽くされた食材は
あっという間に見事な変身を遂げ
馥郁たる香り　熱いスープの中にスライディング
そこはまさに、芸術の庭
錦の華が咲く追求のこだわりが　君の味を深く鍛え上げる

食材のひとつひとつの性格を　味わいを
常時　とても大切に扱ってきた人だけができる技だ
こだわりの器の中に　優しさの花が並び咲く
今日も沢山の常連さまが　君の味を求めて
君の人となりに会いにやってくる
心熱き、情熱あふれる一流のシェフよ
君がまた　いつか
必ずいつか　君の暖簾をかけ
君のお店を開店させる日
その日を　心から待ち続けていく人達が
名前も知らぬファンも含めて　大勢
この空の下　いてくださることを　実感しながら
わたしも　目頭が熱くなった
そして今日の一番の　感謝の気持ちを
君の眼差しが　ホールのパートナーに語りかけている

10年6カ月　ずっと寄り添ってくださった人
あなたが　どんな時にも
陰に日向に　見守ってくれていた御蔭で
こうして健康で無事に　今日の日を迎えられたんだ
心から　ありがとう　と

38　その時

知人が言った
生活落ちると、化粧品が買えなくなる

と、人に会いたくなくなる
と、女が落ちる
と、心が落ちる
と、夢が萎む
と、張り合いが薄れる
と、やる気がなくなる
と、生きる力もなくなる
と、どうでもよくなる
と、食べたくなくなる
と、起きたくなくなる
と、惨めになる
と、悲しくなる
と、辛くなる
と、表情もなくなる
と、笑いもなくなる
と、身なりも気にしなくなる
と、うつの坂を転がり落ちる
と、もう一人では這い上がれなくなる
と、時間だけが虚しく過ぎていく
と、貧乏は加速し始める
と、体中の力が失せていく
と、生きながら死んでしまう
と、廃人のようになってしまう
と、生まれてきた意味がなくなってしまう
と、もう　何もない

だから、だから

立ち上がりなさい
何でもいいから　動きなさい
動けば、道が見えてくる
動けば、一点の光が見えてくる
そこに向かって　歩きなさい
それが　あなたの夢なのです
諦めない事、信じる事

何度転んでも　立ち上がる事
顔を上げて　胸を張って
今に見ていろ、このままじゃいねえと意地を持つ事
100円のコインを軸にして、何くそと立ち上がるんだ
もしも疲れていたら、食べる事、眠る事
それから動きなさい
友達に助けてもらいなさい
恩を刻みながら、今は頼りなさい
やがて君が、誰かを助ける時が必ず来るから
その時　人の心に共感し寄り添える深い人である事を
かつての極貧に感謝したい、きっとそう思うから
そのための　今は修行だから

39　それは

ひとつの言葉から
イメージ　ストーリー　映像
あとは一気に着手

それは　まるで閃きの丘から舞い降りる花びらのよう
それは　陽炎の広場から漂う霊気のよう
それは　花々から立ちこめる芳しい香りのよう
それは　何となく感じ合う人から立ちこめる
ときめきの笑顔のよう
だから　詩にとけこんでしまう
さあ　呼吸するように遊んでみましょう
詩の世界で　あなたも

40　如何かな

風邪をひいてしまったのか
いけない　だるい　ぞくぞくする　手足が冷たい
とくんとくん　心音が気になる
今のうちにとっておきの対策
ネギをぽんぽん刻んで　生姜を千切り
カップに味噌　ぐらぐら煮立ったお湯を注いで
ふうふう言いながら　飲むんだ
あとは　あったかく布団にくるまって眠る
気がつくと　汗が額を割って出てくるさ
初期の風邪なら　これで退散
君も　とにかく試してみるといいよ
以上　先祖代々こん家でも知ってる　風邪封じの知恵袋
如何かな

41　この庭に　この道端に

君は百合の花の種を見たことがあるかい
それはそれは素敵な花籠に入った見事な作品だよ
花が咲き終わるとうす黄緑の固い実が出来
６ヶ月はじっと種づくりに時間をかけるんだ
場合によっては、もっとじっくりとじっくりとね
やがて熟すと、籠はレースの窓を創る
こうする事で、中の種が腐らずに生きる
風を感じて乾燥するんだ　巣立ちの日まで
晩夏、百合のお母さんは風の口笛を黙って聞きながら
目をつむり、静かな微かな風にも揺れるんだ
揺り籠の中には６つの部屋があって
何百という百合の子供達が、生まれる瞬間まで
そのベッドの中で、愛情たっぷりに過ごすんだよ
百合のお母さんは、美しい緑のドレスから
継ぎ穴のある茶色のドレスに変わっていくも
幸せそうに微笑みながら身をまかす
どんな強い雨が、お母さんの体叩いても
どんな強い風が、お母さんのドレス引き裂こうとしても
幸せそうに微笑みながら身をまかす
だんだん体が痩せていく、軽くなる
子供達は揺り籠の中で、カラコロ笑いながら遊んでいる
安心なんだね
約束の日が、近づくにつれ

やがて　子供達は外の世界を見るようになる
花籠は、レースの窓となり
光も風も雨も、太陽も星も月も、子供達に降り注ぐ
お母さんは、最後の力を最高の愛情を花籠の中に念じて
目をとじる
６つの部屋のしきりも窓も、すべてが開放され
はらはらと舞い落ちる種達
風に吹かれ、飛び立つ事を尻込みする子供は
ひとりもいないよ
いや、いたっていいんだよ
だけど、幸せだからはらはらと舞い落ちる
季節が廻り、この庭に、この道端に
また新しい生命が、花を咲かせる
純白で清らかな香り放ち、新しい生命の花を咲かせる

42　左右ちぐはぐの運動靴履いて

さっきまで　流れる車窓のハーモニーを
リズムを刻みながら　楽しんでいた　ふたつの音符

子供がぐずり始めている
母親の履かせてくれようとしている運動靴が気に入らないと
自分の知っている限りの言葉を総動員させて訴えている

ふたりの間にいつしか不協和音
小さな音符が　足をばたばたさせたその勢いで

ぽん、と跳んでく
シャープの右靴　フラットの左靴
半べそをかきだしている　8分音符
車内にアナウンスが流れ　もう間もなく駅に着く

ブレスの余裕がないままに
母親は困って早口で小言を言い始める
子供に負けじの　16分音符
子供はますますかんしゃくを起こし
せっかく履かせてもらった運動靴を
ぽん、と再び放り跳ばす

言葉にならない気持ち　伝えられないもどかしさ
わかってもらえない悲しさ　コードが合わない
そんな気持ちを　次第に体全部で
母親に　ペダル奏法で吐き出している

言葉をかけてあげようかな、と思いながらも
じっと見守る自分がいる
ああ　お母さん、この子は今自立しようとしている瞬間にあ
るのだと思いますと　ぐずって泣きじゃくって困らせている
ように見えるけれども　実は決してそうじゃないんだと

新しいメロディーが、わくわくするような旋律が
今生み出される時、この子は赤ちゃんの殻を自分の意志で
自分の力で今破ろうとしているんだと
自分の体から、精いっぱいのエネルギーで

あふれ出している言葉で
ああ、大きくなろうとしているんだと

五線譜の列車が、終止線に近づいていく
電車が次第に速度を緩め
車窓の景色が、ゆっくりゆったり流れ始めた頃
母親は言葉を荒げて子供に言った
「勝手にしなさい、もう知らないから」
と小言のダムの堰が切れた時、子供はピタッと泣き止んで
自分で靴をガチャガチャさせてちぐはぐ履いて駆け出した
母親より先に電車をよっこいぽん、と降りようとした
すっと母親手をつなぎ、ホームに降りて笑っている二人
今泣いたカラスが　笑っている
左右ちぐはぐの運動靴履いて
殻を破って笑っている
うふっ
ああ　やっぱりあの娘の気持ちはそうだったんだなと
微笑ましい気持ちで見送った

階段を上りゆく　仲よしの音符
寄り添ったり　離れたり
五線譜を　飛び出したり跳ねまわったり

子供が自立する瞬間がある
確かに　ある
目に見える形で
今日みたいに

周りが困ってしまうそんな時こそ　自立の時であると
喜んで見守ってあげる心が欲しい　覚悟も欲しい
だけど滅多に　そうは問屋が卸さないよね
長い旅のあとで気づく　幸せの親子げんかの始まり始まり

43　苦い苦い　夏がゆく

ありがとう　なちゃ
理由も聞かず付き合ってくれて
長い一日だった
富津岬　高波
なちゃ　姿
手前
車中　携帯借りて電話
老いた叔母
悲しかった
ひどい自分
弱っている人を　棒で叩くような
電話してる自分
悲しかった
自分を棒で叩いて……今の言葉詫びたい
電話　静かに置いた
ああ　溜息も出ない
胸がつまる
なちゃ
高波

悠然と煙草
悠然と空　見上げる
一気に引く波
また後から　後から
被さるように
なちゃ
見上げてる
肌寒いだろう
高波を真っ向に受けて
悠然と　なちゃ
波は、空に届きそうに力つけて走ってくる
なちゃ　悠然
波
なちゃの直前ですう──っと引く　小さくちいさくなって
平伏すように　後ずさり　引き下がり
平伏し　泡となり　消えていく
くり返し　くり返し
脅しかける　波
なちゃ　悠然
携帯を切った
（ごめんなさい　叔母さん）
なちゃ──
なちゃ──
なちゃ──
手を振る　わたし
なちゃ
風にＹシャツの裾、引かれながら来る

悠然と
悠然と　来る
車走らせ　帰り道
親戚の伯父に会った
日本刀が振りかざされそうだった
帰り　ラーメンうまかった
涙の味がした　今日ありがとう　なちゃ
家　バタンぐう
正体ないくらい　バタンぐう
苦い苦い　夏がゆく
心に入れ墨が入ってしまったような
苦い苦い夏がゆく
なちゃ
胃が焼けつくように
心に焼き印を押しつけたような気持ちだ
やりきれない

44　感じたかった　きみを

心の糸をたどったら
きみがいた
まだ、ぼくには気がつかないで絵を描いていた
すぐそばまで近づいて、手を伸ばしたんだ
そっと　指先がきみに届くか届かないところで
ぼくは、そっと　手をとめた
どんな絵を描いているんだろう

声をかける前に
きみが気がつく前に　絵の中に
感じたかった　きみを
だから　息とめて
目をとじて　ぼくは
きみに近づいたんだ
そっと

45　唐突の参拝

なちゃ　いつか壮大なスケールで　君の事を書きたい
ここんところ　ずっとそう思ってる
君が生まれたのは、東京タワーがドカンとそびえる
３年前の６月だよね
兄弟たち６人の末っ子として産声あげた
３番目　本当は６番目の男の子だったね
なちゃが、石畳の門前踏みしめて、ぴたっと立ち止まり
足元の地蔵さんの前に　しゃがみこみ
「あんちゃん達、来たぞ」って、頭なでては合掌する姿
鮮明に焼きついてる
東京大空襲で逝った　幼い兄さん達だと知った時
痛ましい戦争を身近に感じて　かける言葉につまったんだ
なちゃは石畳の少し先を踏みしめ、中庭でからからと
井戸水を汲み上げ　黙って墓石の前で立ち止まり黙礼してた
柄杓の水が、ご両親や兄弟の御姿をなでるようにすべって
いった

花を手向ける用意もなく詫びると
「いらん、墓参りなんかは、ちょこっとぷらっと来るのがいいのさ」と呟いて、柄杓の柄をさり気なく向けてくれたね
線香も供物もない　唐突の参拝
石の肌に刻まれている俗名や戒名などを指でたどりながら
家族の生前の話を　聴いたよね
信心げも　お盆彼岸もそこそこの　自分達だけど
君の中に流れている精神は　浄くて温かい
染みた

46　癒やされ　心満たされ

猫は　学習能力が非常に高い
それが　楽しいとか嬉しいことである事が　その鍵を握る
例えば、抱っこ　おんぶ　飛びつき　など
その子の得意技は、その子の癖が、能力を一層高める
水を片手ですくって飲む子
もみもみから　マッサージのプロになる子
ころりんしゃんと言うと、ひっくり返る子
遊んでいるうちに偶然のタイミングで自然に習得した能力も見逃せない
紙が大好きで　くわえてくる子
繰り返して遊んでいるうちに　投げるとジャンプしたり
さらにグレードが高まり、両手でキャッチ
まもなくくわえてきてぽんと置いて投げてくれと催促する
楽しくて楽しくて仕方がないというくらい　何度も何度も

くわえてきては　手元にぽんと置くようになる
抱っこが気に入ると　背伸びをしておねだりしたり
目線を合わせて　ついて歩く
抱っこしてくれるまで　ついて歩く
おんぶが好きな子は　いきなり背中に飛びつくから
猫好きの人の胸やら背中やらは　年中傷だらけのはず
性格と得意技も　なかなかおもしろい
人見知りの子　やんちゃな子
甘えん坊に　おしゃべりな子
抱っこが嫌いな子　様々だ
喉をごろごろいわせて甘噛みする子
ちゃんとわかっててそっと噛むんだ　力を入れないで
しかし、これは子供の時、兄弟とじゃれあって学んだり
強く噛んで母親にフーッと叱られたりしながら学んだ事が
重要なんだ
ひとりぽっちで人の手によってのみで子供時代を過ごすと
甘噛みが下手だ
思いやる心は、兄弟遊びや　母親の愛情の中で育つんだ
噛み癖をさせないためには
子猫の時は人の手に　じゃれさせない事だ
興奮して、強く噛む癖がついてしまうからね
それはさておき、猫は真似して学習もする
どうしたら好きな人の気をひけるかもちゃんと知ってるから
仲間が成功すると　自分もやってみるんだ
猫は　人には見えないオーラも見える
猫好きが　わかる
人の心も　わかる

その超能力は、すごい
手話もする
喉が渇いたよ　ピチャピチャと舌を出す
嬉しいと　喉ならしたり
もっと嬉しいと　爪だって研いじゃう
尻尾を縦にぴいんと伸ばして　得意満面に、おすましで
すりすりしてくる
お尻を見せてお腹も見せて　ひっくり返って得意のポーズ
こうなったらもう　喉だって嵐のように鳴らしちゃうんだ
喉をなでられたら　最高だね
大きな目を糸のようにさせて、もう、うっとりなんだね
よおーく　聴いてごらん
ほら、お話ししている
ママぁ、いいよぉ、まだぁ、わかんない
いい、おはよ、ごはん、やば〜い　などなど
ほら、よく見てごらん　お話ししているよ
まばたきで　ありがとうを言っているよ
両手を揃えて　ご挨拶をしているよ
夢だって見るんだよ
ほらね　寝言、言った
怒ってる　笑ってる　うなったり甘えたり
猫のママはね　子猫を特別の声で呼ぶんだ
子猫の姿をいつも見守り、声の調子に敏感なんだ
時には我が身を捨てて、我が子を守る
子猫のひとりだちの日は　母猫が決める。
その時まで　片時も忘れず　行動を共にし
乳を与え、胸の中にくるんで育てるんだ

子猫と過ごす時間に、一生分の生きる知恵を
すべて教え込むんだ
そして、子離れの朝は、突然やってくる
その時、母親は、子猫が鳴こうが、すごさろうが、まつわろ
うが、一切を断ち切るようにフ──ッと威嚇するんだ
何が起きたのか理解出来ないで、子猫はただ鳴き続ける
後をついて歩き出す
夕べ懐にくるんで抱いてくれたのに　乳に吸いついている時
顔や背中や手足をなめてくれたのに
怖い顔で威嚇する
鼻にしわをよせてシャ──ッと言って爪をたてる
やがて子猫は　離れて母親を見ているんだ　鳴きながら
母親は、あんたなんか知らないと言わんばかりに
去って行く　一度も振り返らずに
つい数日前まで、子猫の居場所からひと時も離れず
子猫の声に　一喜一憂していたというのに
その日、子離れの日、長い長い一日が暮れていく
巣立ちの日
子猫はその夜からたったひとりで生きていくんだ
外猫には、家猫にはわからない掟がある
そんな彼らに、どれくらい出逢ったろうか
わたしも随分と、猫達に育てられてきた
猫は家につく
そして、わたし達の想像以上に賢い生き物なのだ
軽んじてはならない
彼等によりどれほど癒やされ、心満たされ
愛情さえ教えられているか　忘れてはならない

猫達よ　君達の友のひとりに
わたしもどうか加えてはいただけないかな

47　ただ一言

赤い糸の伝説なんか　信じていないよ
「待たせて　ごめんよ」なんて
十年先に現れて　出鱈目なんか言わないで　よ
涙なんか　流してやんないから
馬鹿馬鹿って言って　そっぽ向いてやるから
吐き捨てたいよ
苦労も　貧乏も　ひもじさも
二度といやだよ　ごめんだよって
いつからだろう　感情が鈍麻して斜に構えて
すてっぱちになる性格
自分が二人いたら　かわりばんこに身体休めて
いつも元気でいられるのになぁ
いや、もう一人には、もう一人の自分には疲れた心休めて
十年先も　明るい優しい人であって欲しい
偏屈なのは　自分一人でもうたくさん
まだ一度も逢った事ない貴方へ、ただ一言
身体を大切に生きていて下さい

48　ありのまま

神社の御神木を　見上げてみた
何だか　こみあげてくる気持ちがあった
視界が　ぼうっと　ぼやけてきた
涙がつう──っと　流れてしまう
何ひとつ　かくしておけない
何ひとつ　かくす必要もない
淋しいのか　悲しいのか　せつないのか　わからないよ
その全部かもしれないよ
ただ　思いっきり　泣きたいんだ
理由なんか　ないよ
風が頭上を　すう──っと通った
ありのままで　いいんだよ
子供のように無心に　今そのままの
ありのままで　いればいいんだよ
そんな声が　聞こえてくるような　気がしたんだ

49　ただ　それだけの事なのに

子供は、どうしてこんなに純粋なんだろう
「こんにちは」って声をかけられて、振り返ると
知らない子が、にこにこして笑っていた
自転車に乗った女の子だ

肩までの髪が揺れている
袖なしのワンピースを着て、赤いサンダルを履いて
片足を地面につけて、笑ってる
ふっくらとした頬っぺが、無邪気に笑ってる
知らない土地の、知らない女の子
とっても親しげに
「こんにちはっ、何年生？」
「2年生です」

真っ直ぐな心が飛び込んでくるようだった
「気をつけて帰るんだよ」と言うと
「はい」と答えて、手を振って
自転車こぎ出していった
ただ、それだけの事なのに
蝉時雨と白い雲、青い空
じりじり暑い太陽と一緒に
この夏のシーンのひとつになった
ただ、それだけの事なのに
子供は、なんであんなに純粋なんだろう
あの瞳の中に、何が映るんだろう
あの心の中に、何が住んでいるんだろう
あの言葉の中に、どんな思いが込められているんだろう
「バス停までまだ2キロはあるよ」
と屋根の上の大工さんに教えてもらって
汗をぬぐっていた時に、あの子に声かけられたんだ
右手でひさしを作りながら、遥か遠い真っ直ぐに
どこまでも続いている道を眺めている時だったんだ

なんだか神様が　あの子のくちびるをかりて
元気をくださったのかもしれないな
振り返ると、女の子の自転車が、豆粒ほどになっていた
「こんにちは」
たった5音の幸せに包まれて、再び歩む道
真夏のいちページ

50　イヴ

深い心遣い　イヴの夜
寒い空から　特別に来てくれた人
心配してくれているんだね
これほどまでに
この時間に　出て来るのには
どんなに　よいじゃないのに
今夜のお店を準備して
疲れている身体に鞭打って
お客様の来る黄金タイムに
鍵かけて　シャッター閉めて
愛車走らせて　プレゼント選んで
今日　昼間の大切なお金支払って
ガソリンたくさん使って　神経使って走らせて
そっと静かに贈り物置いて
もとの道を帰って行ったんだね
今頃ようやく戻り　すぐに着替えて
ガス、電気、仕込み、段取り確認して

幟セットし直したり　掲示板ランプつけたり
暖簾かけて　ようやく準備整えて
自分は水一杯飲む時間も、おそらくないだろうに
お客様を持て成す事に　万全モードに切り替えて
忙しく動いている頃だね
お客様が足運び　来てくださらなければ
今日の売り上げは　苦しい設備費を差し引いたら
わたしのためだけに　消えてしまう
今夜も深夜まで　身体を酷使するんだろう
玄関に大切に置かれている品物　言葉がなかったよ
メリークリスマス
来てくれたのね　サンタさん

51　貴方はそういう人　きっとそういう人

ずっと泣かないで歩いて来たよ　今日まで
泣く時は　強くなれる日と決めていたから
泣く場所は　貴方の胸だと決めていたから
だから　だから
私の気持ちまで　降りて来て
わかったよって頷いて欲しいの
だから　だから
私の気持ちまで　降りて来て
両手を広げて頷いて欲しいの
だから　だから
私のありのままの心を　抱きしめて欲しいの

‖‖‖‖‖‖‖‖‖‖‖‖‖‖‖‖‖‖‖‖‖‖‖‖‖‖‖‖‖‖‖‖‖‖‖‖‖

ふりがな お名前			明治　大正 昭和　平成	年生　歳
ふりがな ご住所	□□□-□□□□			性別 男・女
お電話 番　号	（書籍ご注文の際に必要です）	ご職業		
E-mail				
ご購読雑誌（複数可）			ご購読新聞	新聞

最近読んでおもしろかった本や今後、とりあげてほしいテーマをお教えください。

ご自分の研究成果や経験、お考え等を出版してみたいというお気持ちはありますか。

ある　　　　ない　　　内容・テーマ（　　　　　　　　　　　　　　　　　　　　）

現在完成した作品をお持ちですか。

ある　　　　ない　　　ジャンル・原稿量（　　　　　　　　　　　　　　　　　　）

書 名							
お買上 書 店	都道 府県	市区 郡	書店名				書店
			ご購入日	年	月	日	

本書をどこでお知りになりましたか?
　1.書店店頭　2.知人にすすめられて　3.インターネット(サイト名　　　　　　　)
　4.DMハガキ　5.広告、記事を見て(新聞、雑誌名　　　　　　　　　　　　　)

上の質問に関連して、ご購入の決め手となったのは?
　1.タイトル　2.著者　3.内容　4.カバーデザイン　5.帯
　その他ご自由にお書きください。

（　　　　　　　　　　　　　　　　　　　　　　　　　　　　　　　）

本書についてのご意見、ご感想をお聞かせください。
①内容について

- -
②カバー、タイトル、帯について

弊社Webサイトからもご意見、ご感想をお寄せいただけます。

ご協力ありがとうございました。
※お寄せいただいたご意見、ご感想は新聞広告等で匿名にて使わせていただくことがあります。
※お客様の個人情報は、小社からの連絡のみに使用します。社外に提供することは一切ありません。

だから　だから
私を　ぎゅっと抱きしめて
安心して　抱かれていたい
安心して　泣いていたい
貴方はそういう人
きっとそういう人
貴方はそういう人
きっと　そういう人

52　心のチャンネル切り替えたら

なちゃ　ありがとう
あれから　じと〜って落ちこんで
ぽけ〜っとしてひらめいた
そうだって
なちゃのいうとおりだ
頭切り替えた
うじうじ　いじいじは、もうやめだ　やめだ
そう思ったら　すごく爽やかだ
心のチャンネル切り替えたら
ど〜ってこたねえや
ねんだ　ねんだ
んじゃ　おやすみ

53　安心したよぉ

暗いところもあるあんたはんで　安心したよぉ
あんた　暗くなけりゃあいけまへん
第一考えてみなはれ
暗くなけりゃあ、お月さんはいつ出るんでございますか
夜出たらいけねえとでも　言うんですか
ちょいとあんた　そりゃあ困るってもんでございます
夜のとばりがおりない日が、いちんちでもあったら
こりゃあ　あんた
居酒屋さんは　商売あがったりでごぜえます
ていうと　なにかい
明るいおてんとさんの見ていらっしゃる所で
ネオンをつけろとでもおっしゃりたいんでございますか
おいおい　それはないってもんでごぜえます
明るい所じゃ、安心して　おちおち神経休めてなんか
いらんねえってもんでごぜえます
古今東西、人は母体に包まれて
安心して　眠るのでございます
安心して　自らの影の部分をさらけ出すのでございます
やまない雨は、ないのでござる
朝の来ない星空は、ないのでござる
出口のないトンネルは、ないのでござる
自然はなんと正直かのう
見よ雨じゃ　空からの涙じゃ

時に風を吹かせ、怒りもする
どれもこれも　そんな時も
あってもいいのさと　メッセージこめて
そうよ、息抜きがなかったら、人は生きてて死んじまう
おいらなんか　年中暗かった
君の暗さなんて　君の落ちこみなんて屁みたいなもんさ
第一、考えてみなはれ
暗くなけりゃあ　手をつないでいるあっしの出番が
ないってもんじゃありまへんか
そりゃあ　ちょいとあんた
それは　ないってもんでごぜえます
芋虫　あいつはひたすらちぢんで　ちぢんで
まだまだ縮むんでやんす
すべては伸びるためで　ございます
ああ良かった
あんたはんが　暗くて良かった
根暗の気持ちのわかるお人で良かった
出会えて　出合えて　出逢えて
良かった　ありがとう
深い心の持ち主のお方よ　ありがとう
あんたはん
君は君で　いいとも
君が君であるから　いいんだ
忘れないでおくんなせい
何でもありのこの世の中を
ちょいと嬉しくなって　鼻水が出てきちまったんで
これで失礼いたしやす

54　すっからかんの青い空

青いお空に　白い雲
おーい集まれ　しましょうね
大きなお口を　あけてごらん
ぱくん　もぐもぐ　おいしいね
青いお空の　白い雲
だんだん　少なくなりました
味がないのに　夢がある
何だか　楽しい気分になる
ぱくん　もぐもぐ　よくかんで
すっからかんの青い空
お手々を合わせて　ごちそうさま
おかず早食い　ゆうちゃんの
残ってしまった　白い雲
青いお空と　白い雲
ママは待ってる　青い空
お弁当箱の　青い空
すっからかんの　青い空

55　おまじない

「井戸神様　井戸神様
わたしのものもらいを治して下さったら

80

このザルを全部見せます」
小さな頃、母さんと井戸端に並んでしゃがみこんで
お清めの塩を供えて　神妙に
こんなおまじないした事あったっけ
暗い井戸の中をのぞきこむと
自分の姿と　半分見せたザルのシルエットが
モノトーンの中に　うっすら揺れていたっけ
それから２〜３日後、すっかりよくなって
「井戸神様　井戸神様
お礼にこのザルを全部見せます」そう言って
静まりかえっている井戸の底にいらっしゃる神様に
ご挨拶したっけ　今、
ふと思い出したんだ

56　福徳の吉兆なり

君が両手で首のあたりから
髪をなであげる時
左手で頬杖をついて
目を閉じている時
その時の表情
その時の睫
その時の唇
とてもセクシー
さらに両手で頬杖
とても甘い

君が片手で首のあたりから
髪をなであげる時
両手で頬杖をついて
目を閉じている時
その時の表情
その時の睫
その時の唇
とてもセクシー
さらに片手で頬杖
とても甘い

話を聞きながら　君のワールドに自然に溶け入り
まるで、思い出の中の映像を見ているような
気分に浸ってしまう
神秘的な魅力の人よ
こんな思いに　ほんの少しも気づいてはいない人

君が微笑み
右頬に天使のようなえくぼをつくる時
時にはにかみながら
時にいたずらっぽく
時にあったかく
時に機知に富み
時に淋しげに
時に果敢に
時に紳士と少年とが見事に融合しあい

そのしぐさ　すべてが愛らしい

君がグラスを包み込む時
壁のシルエットがとてもセクシー
君が手の平で言葉を語る時
その掌は豊潤で　福徳の吉兆なり

君がハートで言葉を語る時
その言泉は芳醇で　福徳の吉兆なり
君が肉体で言葉を語る時
大地の中のその軌跡は勇あり温雅で　福徳の吉兆なり

君に会うたびに　わたしは心の鎧が発破される
静かに静かに　発破されていく
いつなのだろうか
心を奪われてしまったのは
いつからなのだろうか
ひとりごと　ひとりごと
すべては　ひとりごと

57　バシャバシャおばさん

なちゃ　電話ありがとう
あのね　銭湯でね
最近　セーフと思ったら
バシャバシャおばさん再登場

じぇじぇじぇ
やめてっ
一糸まとわぬ姿で
バシャンバシャン
そりゃあ豪快だっち
しかも桶担いで踊るような格好で
天井から足元までの大振りこ
湯船は暴れて大津波状態
ったくもう
ちょっと　やめてっ
頼むから　せめてシャンプー終わるまで待ってくれようと
言いたい気持ちを　ぐっとこらえて
泡の中　ちろちろ振り返り
ウインクしたんだけど
まったく感じなくって
もう退散　たいさん
負けじと立ち上がったぜ
それからカニさんになって　シャンプーしながら
場所変えたっち
ほんでも　わかんないんだねえ
やれやれ
でもさっ　なちゃ
ニックネームつけると　いいね
なんかやな奴なんだけど　腹立たなくなるし
親しみもっちゃったりして
じぇじぇじぇ
不思議　ミラクル

じぇじぇじぇ
まいった　だすっ
バシャバシャおばさんって
ひとり自分の世界で酔ってるのね
バシャバシャおばさん
お風呂道具も　こりゃまたすごいよ
脱衣籠より少し小さいピンクのプラスチック籠　だす
どうでもいいけど　ちっとはマナー守ってくれよう
ぷんぷかぷん

以上　報告だす

58　悠遠かなた　心の風景

この場所からは、絶美な夕陽が一望出来ます

　３階ディールームの硝子のカンバスに
桃色、紅色、葡萄色、薄紫、菫色が
徐々に、深浅混じり合い
幻想的な絵を映し出すのです
今日は、霊峰富士山が際やかに望めました
是非、御覧いただきたく思うのです

うとうと、まどろんでいる太郎さんにも、
「夕陽が、美しいですね」と、声を掛けました
太郎さんは、頭を程よく起こして、ほんの一瞬

頬を薄紅色に染めながら
「若かった」と、ぽつりとつぶやきました
そして、いきなり右手の小指を、指切りげんまん
するみたいに、立てて見せてから
テーブルを無造作にたたきつつ、また一言
「年取った」と淋しそうに言い放ちました

クリスタルの鉢の中の、ほんの僅かな水の中にも
夕焼けは、仄かに射し込み
左ひれに傷を負ったお魚を、うす紅色に染めています
私は、その傷が深くならない事を祈りながら
お水ごとそうっと掌に掬い上げ、湖の縁まで歩きました

お魚は、水の匂いが懐かしいのか
眠りから覚め、くくっとひれを振ったあと
チャポンと、自ら湖の中に舞いました
あんなに沈み込んでいた小さな命は
次第に息を吹き返し、やがて体のバランスも取り戻し
緩やかに速度を速めながら、ぐんぐんと湖底へ進むのです

私は湖の縁に跪き、お魚の姿を追いました
視界は一点の曇りなく、どこまでも翠玉色に
澄んでいるのでした
小さな命が向かうのは、悠遠かなた
心の風景

お魚は、何時しか紳士の装いとなり

行き付けの、店の扉を開くのです
体を、ちょっと屈めながら
そこは、昭和の懐かしい風景
踊り子が窓を開け、ジャズメンの演奏が滲み出て
湖の縁まで聞こえてくるのでした

その店の小さな窓に目を注ぐと、
カクテルグラスを片手に、ジャズに酔いながら
女性達に囲まれて目を細めている
太郎さんの姿がありました
それは、時空をタイムスリップした追憶の彼方の
幻影なのでしょうか
哀しいまでの幻なのでしょうか

どれくらい時が流れたでしょう
いえ、それはほんの刹那の出来事
気がつくと、お魚は湖を離れ、チャポンと
もとのクリスタル鉢の中に戻っているのです

夕陽は、太郎さんの左の両手足を、労るように
撫でながら、そっと帰っていきました
彼は、一日の大半を、夢の中で過ごすのです
夢の中で、生きているのです
小さなお魚になって、幻想と現実の世界を
行きつ戻りつしているのです
不自由な身体であろうと、年を幾多と重ねていようと
人を恋い慕う気持ちは生きる原動力であり

誰にも封印出来ないと思います

夕闇に浮かび上がる彼らの姿
見過ごされてしまう問い掛けに心が痛みながら
静かにカーテンを引きました

P.S.　互いに白寿を優に越しても、志同じく見詰め合い
　　　思いやり、敬愛し合い前向きな心で
　　　誠心誠意、お手紙を書きながら、言霊を聴きながら
　　　誰もが、愛する人の近くを、そばを、傍らを
　　　歩き続けていたいのです

59　空からの手紙

今朝、真っ白な雪が降っていました
次から　次へと降りて来る雪は、
空からの手紙のようにも感じました
しばらく、空を見上げていました

『私も、こんなにたくさん手紙が書きたい』
そう強く思いました
雪の手紙は一日中、しんしんと舞い降りていました

60　幼年期

イチジクの木　きみの写真、見てる

こんなに小さな男の子が
あんなにも逞しく、男らしく立派になったと思うと
涙が込み上げてくるんだ
小さな手、小さな運動靴、小さな身体が
にこにこ笑っている
可愛い声が、庭の中に溶け込んでいく

光をいっぱい浴びた当時の景色が
心には、確かに映っている
やわらかい風も見える、感じるんだ
切ないぐらいに

ああ、わたしもこの頃、同じぐらいの背丈で
こんなふうに笑って、こんなふうに燥いで
こんなふうに遊んで
大空を掴んで、大地を蹴って
飛び跳ねて、転がって、でんぐり返りして
泥んこになって、時には、大泣きして

ごくんごくん、水を飲んで
ぺこぺこに、お腹空かせて

子猫を抱いて、犬とふざけっこして
友達と、裸足で飛び回って
春も夏も　草の上を
秋も冬も　夢中で

会いたかったな　その頃も　きみに

61　騒がしさの中の澄んだ世界

雰囲気、気品、ナイーブ、仕草、動き、目線、甘美、表情
声、トーン、言の葉、ハート、心音、琴線、間、立ち姿

剣道　すり足の瞬間
跳び箱に向かう瞬間
鉄棒を握った瞬間

小麦色の拳、腕、筋肉、甘さとのギャップに　ドキッ
次々と女心に突き刺さるキューピッドの矢

走り幅跳び、走り出す瞬間、地面蹴る瞬間
バネがはじける瞬間、ジャンプの瞬間
空中静止の瞬間、着地の瞬間
土がブラウンの王冠を生み出した瞬間

サッカー、ゴールキックした瞬間
大地が振動した瞬間、シュートした瞬間

ネットインした瞬間、踊返した瞬間

仲間がガッツポーズ、空気に弾けた瞬間、鋭敏な動き
スマートな洞察力、カリスマ性、男学、神秘性

女の子達の恋愛対象
男の子達のヒーロー

まさに獅子、弱者を守る王者の風格
賢人な勇者、健全な魂宿る男児
英国的な紳士、自然にそなわっているマナー
身についている思いやり、さり気ない気配り

尽きることのない好奇心
大地に愛され、大空に抱かれ
生き生きと、伸びやかに

サスケ、異端児、純真、篤実、動物愛、温もり
優しさ、静寂の中の凛とした姿
騒がしさの中の澄んだ世界

粋にはまらない強さ、既成の物に縛られない強さ
頭脳明晰の強さ、語源の豊かさの強さ
自己の中に必要な知性とあらば
容赦ない深い学びの追求の強さ　周りが舌を巻く

逆であれば、彼によって、相手にもされず

鼻であしらわれる教科達
着眼点が人並みはずれて際立つ
洞察力が鋭く一瞬に射る

きみは何者で、どこから来たのか
心を再びさらわれた　わたし

62　タイムトラベラー

新緑の南房総、優美な緑眺めつつ、二人ドライブ
会話弾む、ムード音楽、光、初夏に移行
静かな海、見えて来た
新緑の岬、断崖からの眺め最高
彼の好きな岩場の海だ
太公望が、岩の洗濯板に腰をおろして、釣り糸垂らす
釣果は如何かと、トンビの旋回

光きらきら、水面キラキラ
小さな波、さざ波のウインク
穏やかな海、遠く水平線と空、仲良く溶け合う
一本の線の上を、船がすべっていく
あそこにも、ほらあそこにも、船の花が咲く
三浦半島、うっすらと、その向こうに、ぽーっと
霞んで見える山の稜線

上空、スカイハイ

すうーっとゆったり、ゆったりと、繰り返し旋回
ピイーヨロ、ピイーヨロ
時折ひとつがきり揉みに、急降下
海面を一瞬切り裂き、急上昇
魚を掴んだのだろうか、定かではないが
ビシッと水面を切る、スピード感は爽快だ
何度も、一頻りの間…
天空ショーに釘付けとなる
羽撃きをせず、大きく舞う
遠慮はいらない、この指止まれ、大きな翼の小さなトンビ
そのひとつを人差し指に乗せて、天空を遊ぼう

やあ眩しい、海面はちりばめられたビードロの囁き

あいすてぃを彼に傾け、遥か彼方の勇姿鳥と共に
何度もなんども、今日に乾杯
太陽は益々まんまるに姿を装い、西へ西へと降りていく
橙色が海面に長い長い道をつくった
ずうっと遠くから続いているんだと、彼が言った
ビードロの輝きが、オレンジ色にときめく頃
光の天使達は、真昼のダイアモンドティアラを海中に沈め
甘い囁きの橙ドレスに着替えて、光のダンスよ

愛車、大房岬、手を繋いで歩いた山道
落ち葉の階段、竹林、新緑の香り、懐かしい香り
パノラマの海、名画の中の景色、極上のひととき
一枚岩に座る

オレンジ色のまんまるな太陽、大っきいなあ
目の前の渦、波の共演
ぷくん、とぷんと波の歌、白波の舞い

彼が言った、線香花火みたいだと
うん、ほんとだね
ぽとんと落ちたらジュンというね
いつまでも太陽を見つめていた
彼は本当に、不思議な魅力を秘めた人
今日という頁に、刻み続ける極上の時間
ありがとう、心の中で呟いた

またしっかり手を繋いで、愛車に向かった
今度は登り階段、竹林、落ち葉、初夏の香り
風の中に、温かき遠い日の君の笑顔感じつつ
思い出の引き出しを、またひとつ増やしたよ
いつもいつも、いつまでも
鮮明に思い出すんだろうな、今日の日を、今この瞬間を

幼なじみの同級生
100歳になっても、またこの階段、手を繋いで歩こう
約束して二人笑った、ほんとだよ
愛車ぐんぐん走る、魔法に包まれて帰還する
彼はあの頃の、あの頃のまんまだった
二人は、タイムトラベラー

63　いざひと漕ぎしようじゃないか

生きている
この宇宙船地球号の大事な乗組員の一人として
そして思う
意識は永遠に存在する

しかし、生きていくうえで邪魔になる記憶は
意識下にしまわれる
輪廻転生を繰り返しつつ
畳み込まれたミルフィーユの生地のように
前世と来世は、同一の世界だろうか

日本で生きている我、フランスでは生きていない我
生の証は存在の有無か
日本のある県のある市の、というように
自分の位置関係を限定していくと
今、足を着けているこの点に辿り着く

意識もまた永遠の旅人、とどまることはない
この空間の、この時点で生きている我
隣の部屋には存在しない我
よって、隣の部屋では生きていないのだ

目の前の人と話をしている間

互いの中に存在する　生きているのだ
然らば、一緒にいても心が離れている人とは
共に、存在も生もないといえよう

たとえ、今一緒にいなくても
心が通い合った者同士は
互いに存在意識があるから
共に、存在も生もあるといえよう

逝った人との交流
今の人との交流
各々テレパシーは、互いの心に
存在を感じとることに始まるのだろうか
だからその時、時空間をすっと通過できるのか

異次元からの指導あり
異次元は、高次元の意識
魂のみが現世に指導に現る
我々に　エネルギーを充電しに

オーラを強くしよう
そして、身体に溜まっている疲れをとろう
食事、睡眠、運動、仕事、信頼、愛情……
心の疲れは、心を抱き締めたり、抱き締められると
ぐんぐん蘇ってくるようだ
元気と勇気の気が宿るからさ

人間は、確かに生かされ合いながら存在する
同じ時代に生まれて巡り合ったんだ
ほんの少しでもずれていたら
ぐらっと大きくずれていたら
出会えなかったかもしれないじゃないか

いくつもの偶然を重ねて
きみと出会えたんだ
オールは、俺達のすぐ目の前にあるだろう
手を伸ばして、共にひと漕ぎ
いざひと漕ぎ　しようじゃないか

64　今吹く風を抱きしめればわかる

ぼくが　タマの名前を呼ぶ時は
タマが　ぼくの名前を呼ぶ時
ぼくが　タマをだっこしてる時は
タマが　ぼくをだっこしている時
きっと　そうさ
ぜったいに　そうさ

ぼくが　タマにふれる温もり
タマが　ぼくにふれる温もり
ぼくが　涙をためている時は
タマが　涙をためている時
きっと　そうさ

ぜったいに　そうさ

ぼくが　タマに頬ずりしてる時は
タマが　ぼくに頬ずりしている時
ぼくが　幸せ感じている時は
タマが　幸せ感じている時
きっと　そうさ
ぜったいに　そうさ

ぼくが　笑う　数えきれないくらい
タマが　笑う　数えきれないくらい

いつの間にか　月日が流れ
大人になったぼくが　今ここにいる
悲しい時も　嬉しい時も
愛する君が　隣に寄り添う
きっと　そうさ
ぜったいに　そうさ

今吹く風を抱きしめればわかる
忘れない名前　懐かしい温もり
涙をぬぐう　頬ずりもわかる
ぼくが　強く優しく生きる道は
タマが　強く優しく生きる道
きっと　そうさ
ぜったいに　そうさ

ぼくが　タマの名前を呼ぶ時は
タマが　ぼくの名前を呼ぶ時
ぼくが　タマをだっこしてる時は
タマが　ぼくをだっこしている時
きっと　そうさ
ぜったいに　そうさ

ぼくが　タマと家族として過ごした日々は
タマが　ぼくと家族として過ごした日々
小さな生命(いのち)との奇跡の出合い
小さな生命(いのち)との必然の出合い
君が猫で　ぼくが人である事
たったそれだけ　ちがいといえばそれだけの事
きっと　そうさ
ぜったいに　そうさ

今吹く風を抱きしめればわかる
忘れない名前　懐かしい温もり

著者プロフィール

麻里子 （まりこ）

昭和30年11月6日生まれ
千葉県在住
生きるって楽しいね。面白いね。

記憶の雨

2021年1月15日　初版第1刷発行
2023年12月25日　初版第2刷発行

著　者　麻里子
発行者　瓜谷　綱延
発行所　株式会社文芸社
　　　　〒160-0022　東京都新宿区新宿1−10−1
　　　　　　　　電話　03-5369-3060　（代表）
　　　　　　　　　　　03-5369-2299　（販売）

印　刷　株式会社文芸社
製本所　株式会社MOTOMURA